CUENTOS CORTOS
CON FINALES LARGOS

CUENTOS CORTOS
CON FINALES LARGOS

Miguel Angulo

Editorial Voces de Hoy

Cuentos cortos con finales largos
Primera edición, 2015

Edición: *Bryseis Socarrás*
Diseño y composición: *Josefina Ezpeleta*
Diseño de cubierta: *Juan José Catalán*
Imagen de cubierta: Columnas (arte digital), *de Juan José Catalán*

© Miguel Angulo, 2015
© Sobre la presente edición, Editorial Voces de Hoy, 2015

ISBN: 978-1726416733

Editorial Voces de Hoy
Miami, Florida, EE. UU.
www. vocesdehoy.net

La carta

Todas las cartas suscitan el interés de las personas cuando son recibidas. La ventanilla del *¿qué será?* se abre, y un escalofrío de curiosidad sacude nuestro cuerpo. Eso me pasó a mí en la secundaria, y nada más y nada menos que en una reunión estudiantil. Yo hacía uso de la palabra, y alguien vino a decirme:

—Trajeron esta carta para ti.

Ahora con tantos años de por medio, sigo preguntándome quién fue y por cuáles motivos lo hizo. Porque la susodicha carta lo que traía era una bomba. Me contaban que mi mamá se veía desde hacía tres años con otro hombre y me pedían que la aconsejara, porque aquello no pintaba ni para regular. Mi primera reacción fue una mezcla de tristeza y dolor.

Aunque mi padre era un alcohólico, no me gustaba para nada un desenlace de esta forma, razón por la cual siempre le aconsejaba a mi mamá que se divorciara y juntos podíamos comenzar una nueva vida. Esto yo se lo repetí mil veces, y por eso aquella revelación me causó tanto estrago, rompiendo asideros de ilusión en mi alma. No obstante, el cariño de hijo y la quimera pretensión de que una madre nunca engaña al fruto de su vientre, me hizo optar por el camino de la franqueza y la sinceridad, lejos de tratar de comprobar lo que me decían.

Le enseñé la carta a ella buscando la explicación que yo anhelaba. Noté que sus manos temblaban y que su argumento era, por demás, pueril, pero le creí. Mi corazón lo necesitaba. Así, cerrando los ojos a la realidad, no indagué más al respecto, y un día sucedió lo inevitable: la bomba estalló. Yo disfrutaba de una beca y me enteré por mi papá, que fue allí a darme la noticia con lágrimas en los ojos y aliento a ron.

Desde ese día ya nada fue igual. Yo no sé lo que pasó. No siento rencor, pero la distancia se hizo imperecedera entre nosotros.

Después vinieron otras desilusiones, y el tiempo, con su andar demoledor, terminó convirtiéndonos en extraños. Nos veíamos, pero eran encuentros marmóreos, de sentimientos petrificados, y todo fluyó sostenidamente y sin otro camino hacia lo que hoy soy: el gran ausente en el entierro de mi madre.

MI VIDA ES UN CHISTE

La verdad, me pregunto, ¿en qué pensaban mis padres cuando eligieron mi nombre? «Gutropio», eso parece un animalucho, un microbio, pero no un nombre de niño.

A todos, cuando nacen, les dan unas nalgaditas para que lloren, y a mí parece que me dieron una patada, porque nalgas, no tengo.

Mi cara es de película. Hay gente fea porque es orejona o narizona o tiene otra característica que se aleja de «lo usual». A mí me tocó de todo. De tanto probar, escogieron el peor de los moldes. Una oreja más grande que la otra, nariz de hipopótamo, ojos de búho pendenciero y la boca, ¡qué boca!... cuando me río, ¿qué digo?, me sonrío, la gente se echa para atrás por miedo a que me los trague.

Busqué parecidos entre la familia, y a no ser los cartelones de los muñecos del carnaval, no encontré ninguno. Bueno, precisamente uno de mis nombretes es «Muñecón» o «Boca de jaiba», que me cae tan mal.

En la escuela era el «trajín» hasta de las hembritas porque cuando les decía algo para congraciarme con ellas, me daban un pellizco y me decían: «¡Échate para allá, fenómeno!»

Así pasé tanto tiempo que me fui apartando y me convertí en un niño solitario y triste. En mi casa mi mamá me decía: «¡Espabílate! Parece que no tienes sangre en las venas». Y mi papá me miraba y reprimía al decirme: «Si no cambias esa cara, nunca vas a encontrar pareja». ¡Como si mi cara fuera mi culpa!

Un día me escapé de casa, quería alejarme de todo y de todos. Pasé lo incontablemente malo y frustrante que un ser humano puede soportar. No había un portal donde no me tiraran agua o simplemente me botaran. Hasta que una tarde me miraron esos ojos. Realmente no tenían un color definido, pero para mí eran hermosos. Yo lloraba semiescondido debajo de una rastra de un circo que había llegado al pueblo. Me enamoré de inmediato e hicimos una amistad que luego terminó en matrimonio. Ese mismo día ella me llevó ante el dueño, y él al verme exclamó contento: «¡La pareja perfecta de fenómenos!» Como ella me miraba con dulzura, aquello me pareció un elogio.

Ya hace tiempo que trabajamos juntos. Soy feliz, aunque nos exhiben dentro de una jaula, pero tengo un trabajo, y mi mujer pronto va a tener un niño. Se ve un poco rara con la barriga y su estatura tan extraordinariamente pequeña, pero eso le gusta al público. Ahora rezo todas las noches por nuestro niño y le pido a Dios que no se parezca tanto a nosotros. Pero de lo que sí estoy seguro es que no le pondremos de nombre Gutropio.

Viaje al centro de la Tierra

Sobre las 3:00 de la tarde es la hora en que Castillo sale del trabajo y siempre acostumbra llegar al café de la esquina, se toma una cerveza y aprovecha para charlar un poco con alguna que otra persona que se le acerca. Pero últimamente ha notado la presencia de un hombre observándolo con atención desde la esquina de enfrente. Aunque lo disimula, él lo ha percibido con claridad y parece que el otro también, porque una tarde el desconocido cruzó la calle y lo abordó sin preámbulos. Lo que le dijo lo llenó de sorpresa. Así, ni corto, ni perezoso lo invitó a viajar al centro de la Tierra. A Castillo, al principio, le pareció una broma y no lo tomó en serio, pero sí le dio rienda suelta a la imaginación y se entabló entre ellos una amena conversación en la que hablaban de todo y en la que el hombre siempre trataba de abordar de nuevo su propuesta.

Los encuentros se hicieron frecuentes y el misterioso visitante se hacía notar todas las tardes. A Castillo ya aquello le empezó a tomar el gusto, y un día que él faltó se sintió contrariado, pero al día siguiente volvió y con fuerza acumulada, porque esta persona no cejaba en su empeño de convencer a Castillo, y para ello empleaba horas de plática y todo tipo de argumentos. Parecía un personaje salido de las páginas de un libro de Julio Verne, hablando con una coherencia y abundancia de datos, que hasta al más incrédulo le podían fallar las piernas. Los amigos de Castillo y los asiduos al Café ya también lo apreciaban como una figura pintoresca del lugar. No escuchaban nunca bien lo que hablaban entre ellos, dándole poca importancia, pues entre una y otra cerveza, los temas son variados.

Pero un día no los volvieron a ver, al otro no los vieron de nuevo, y al otro, tampoco. Fueron a donde trabajaba Castillo y nada. Indagaron por su dirección. Llegaron a su casa y encontraron a la familia desconsolada. El hombre había desaparecido.

Se supo poco tiempo después de dos hombres que merodeaban por unos pantanos cercanos a un cerro, y nada más. En el Café las dos sillas quedaron vacías, esperando su retorno.

Si a un deportista se le pagan millones por una temporada y al obrero que está creando el sustento de la sociedad, míseros pesos, cualquiera medianamente inteligente se percata de que algo anda mal.

Los criminales, que se arrepientan en el cielo. Las cárceles son para los que la sociedad se equivocó con ellos.

El trabajo asalariado llena muchas barrigas y apenas satisface las necesidades del que lo realiza.

El nacionalismo desenfrenado frena el desarrollo de la raza humana.

Los bienes materiales son tan, pero tan necesarios, que se puede prescindir de ellos.

La discriminación no es más que vanidad, ausencia de ternura y temor a perder ante las cualidades de los demás. También es completa incomprensión ante la explosiva diversificación de todo lo vivo.

Si no se le pone freno a la economía especulativa, la humanidad va directo a la bancarrota.

Si es necesario obviar la democracia, se hará, pero a los imbéciles que juegan con la economía mundial, hay que sacarlos de circulación.

Nadie quiere trabajar en la agricultura, por eso en las ciudades cada vez más pobladas, la vida se hará cada vez más difícil, para que la gente vuelva a lo más natural: la tierra.

La infidelidad es la estupidez de no ser sinceros a los reclamos del corazón.

El amor es una capacidad de desprendimiento, entrega, y el odio, la incapacidad de sentir ternura cuando otros se equivocan.

Las mujeres que se casan pensando únicamente en el éxito financiero de sus maridos, añoran ser felices comiendo pan y cebolla.

No importa si eres homosexual, transexual, heterosexual… la cualidad que sí es importante, es la de ser humano.

Me gustan tanto las mujeres, que si lo fuera sería lesbiana.

Al despertar embobezco de asombro por todo lo que recibo y lloro por aquellos que lo pasan inadvertido.

Estar muerto no es grave, si en vida no te preocupaste por estar vivo.

Los juguetes son la madurez del alma de un niño.

Entre el cine y la vida hay una delicada relación que coquetea con la inmortalidad.

Los tabúes sexuales de la sociedad no son más que un grito de silencio de las orgías cerebrales de los que los propugnan.

SERMÓN BALDÍO

Josefa es una devota cristiana desde hace tanto, que la piel se le ha arrugado en el ir y venir por las iglesias. Cada fin de semana y algún que otro día, asiste al templo. Para ella no hay nada más importante. En su trabajo pidió todos los domingos libres y se lo concedieron porque, además, es muy buena trabajadora. Siempre escucha con serena emoción lo que dice el Padre, y hasta manda a callar al que hace algún comentario. Se le ve extasiada, disfrutando de cada palabra de amor y ayuda para el prójimo.

Su corazón late incontenido ante la profunda queja por los dolores, penas, desarraigos y frustraciones de la gente. Terminada la sesión dominical va para su casa satisfecha, llena de pasión y amor.

Son las 10:00 de la noche y tiene que comenzar a trabajar. Piensa que la faena no va a estar complicada, al ver pocas personas en el *laundry*.

Al poco rato comienza a llover, y un hombre se acerca caminando con visible dificultad y una mano engarrotada a la puerta de entrada. Su cara no es pasión, es necesidad, un grito de auxilio, una pena perdida. Josefa va rápida hasta él y le pasa el seguro a la puerta. El toque tímido y suplicante sobre el grueso cristal la hace mirarlo de frente y le dice con una voz poco amigable:

—¡Sabes que aquí no puedes entrar!

El hombre baja la vista y se aleja salpicado por la lluvia. El portal parece un túnel sin final.

Rescate para el suplicio

Toda la noche llovió con esa abundancia que hace a los ríos romper la apacible sinfonía del bosque.

Caimán viajó todo el tiempo guiándose por los árboles. Los más viejos se lo habían enseñado y él sorteaba los profundos charcos con agilidad felina.

Delante estaba el gran río y tenía que cruzarlo. Más allá la aldea y el calor de lo cotidiano. No se detuvo. Se lanzó a la fiera corriente. Los rizos blancos le golpearon el rostro y sintió un desgarro en una pierna. Sus sandalias de lianas tejidas se fueron. Braceaba con energía, estaba cansado, pero una vida de vicisitudes había templado su cuerpo. Así estuvo durante un buen rato y ya casi alcanzaba la mitad del cauce, pero la corriente lo arrastraba a ciegas en medio de la oscuridad y del grito de las piedras. Se sintió suspendido en el aire, todo a su alrededor rugía. Comprendió que tenía que prepararse para un gran golpe y apretó los músculos. Entró al agua bien, pero los endemoniados remolinos lo empujaron hacia las piedras. Su cabeza dio fuerte…

…Casi nada siente. Solo una luz como de sol amaneciendo, le impacta.

Los espíritus de las aguas lo cargan y lo ponen en un remanso de arena, lejos de la corriente. Cuando vuelve en sí, ya no está en el río. No siente dolor. Va a decir algo y le dicen que guarde silencio. Apenas comprende lo que pasa, la luz vuelve y los espíritus desaparecen dentro de ella.

Caimán ahora siente un poco de frío y se apretuja contra la arena. Muy alto, la luz cada vez es más pequeña, ya ha dejado de llover y parece una estrella.

En medio del océano se dibuja la silueta de tres barcos a la luz de la luna. No hay viento y permanecen casi inmóviles.

Caimán ahora tiene sueño y se recuesta para dormitar un poco antes de llegar a la aldea.

EL CLUB DE LOS ASTRONAUTAS

Florencia es un pueblo sencillo, tranquilo, apacible, protegido por elevaciones erizadas de rocas y oquedades silenciosas. Su gente, trabajadora, inquieta y con ansias de saber. A este grupo de curiosos pertenecen los miembros del club que se reúnen todos los domingos en la escuela. En este lugar se debate de todo, pero el tema principal siempre es la astronomía.

Esta ciencia cautiva a los que asisten a las reuniones dominicales, unas veces explosivas por las discusiones que se generan, pero siempre muy instructivas y agradables.

Allí son como hermanos. Todas las discusiones terminan muy bien con la planificación del próximo encuentro, y lo que es más importante, el tema a tratar. Ellos no son muchos, no pasan de la veintena, y aunque otros los tildan de locos, nadie osa interrumpirlos, y los domingos, las acaloradas polémicas científicas se suceden sin percances. Hasta un poco de orgullo siente mucha gente por este grupo de ciudadanos conferencistas, en una comunidad totalmente agraria como Florencia, realmente algo inusual y, al final, son bien vistos hasta por la prensa que, hacía poco se había hecho eco de sus actividades; su prestigio ya estaba por lo alto.

Pero ese domingo no fue como los anteriores. El tiempo se ensañó como nunca, y desde temprano comenzó a llover, con esa fuerza que nos hace añorar no poner un pie fuera de casa. Sin embargo, los miembros del club asistieron empapados y estornudando. Ninguno faltó, y entre el ruido del viento, la lluvia y algún que otro relámpago, se dio inicio a la reunión. En verdad, el ambiente era gratificante para el tema a tratar.

Pasado el mediodía, el aguacero no amainó y el río que cruza cerca de la escuela ya enseñaba sus fauces de león hambriento. Ninguno de los miembros había regresado y sus familiares ya estaban preocupados, así que en pequeños grupos fueron a su encuentro para ayudarlos a regresar en medio de aquella barahúnda del tiempo. Pero en la escuela no había nadie, un silencio húmedo envolvía todas sus pertenencias intactas, hasta la pipa del viejo Silfredo todavía despedía volutas de humo.

Revisaron por doquier, y nada. Dicen los más viejos que nunca se supo nada de ellos.

Dios existe, pero no lo busques en las iglesias, sino dentro de ti.

Muchos esperan la llegada del Señor, pero no lo verán nunca, porque siempre ha estado aquí y es invisible.

De un gusarapo a lo que hoy somos, Dios tiene que estar orgulloso, descontando cualquier tipo de problema.

La materia es eterna, por eso recuerdo tantas cosas y no sé de dónde.

Si Dios existe, desconcierta que haya personas que acumulen miles de millones y Él permita que no sean puestos al servicio de los demás.

El alma sí existe, pero no fuera ni después. Dentro de nosotros, condicionada a los procesos eléctricos, físicos y químicos que sustentan la vida.

Entre la ciencia y la religión solo hay un resbalón de inteligencia.

La gente piensa que negar o afirmar a Dios es la solución. Si todo se resumiera a esto, las cosas fueran simples. Pero lo que está detrás es enigmáticamente aterrador y sorprendentemente maravilloso.

Muchas iglesias se la pasan hablando del fin. Parece que desconocen que las extinciones masivas y el colapso momentáneo son cosas recurrentes en nuestro Universo.

Casi siempre en la mirada de los animales veo ternura.

Una flor es una sonrisa de microorganismos.

La utilización del petróleo contamina el planeta. Pero ¿no es raro y aleccionador que esté ahí? Nada en la naturaleza está por gusto, todo sigue un perfecto engranaje exquisitamente sincronizado.

No te preocupes por ser feliz hasta que sepas leer la música de una llovizna.

Cualquier fenómeno natural me emociona, pero la lluvia tiene un sabor especial.

Ser feliz no es tener dinero, es haber derribado el silencio de la soledad y capturar el entendimiento de la naturaleza.

Millones de años de evolución no han logrado borrar nuestra necesidad instintiva de cazar.

Los animales marcan su territorio con orina, excremento o arañando los árboles. El hombre puso la primera cerca y se formó el caos.

El tiempo es una ecuación escalofriante. No creo que se pueda manipular. Es único, lineal y aplastantemente real.

FUGITIVO DEL TIEMPO

Cuando los científicos plantearon por primera vez la posibilidad de clonar un *Neanderthal* a partir de un ADN recuperado de restos fósiles, en torno a la idea se formó un gran revuelo.

La noticia cayó como meteorito en el océano y levantó olas de discusión en el planeta. Hubo de todo: desde detractores hasta apoyo pseudocientífico, mas la Iglesia, como siempre, condenó el proyecto como una herejía.

Pero las condiciones estaban creadas y la humanidad estaba decidida a dar este paso. Renacer una criatura del tiempo.

Clarita, la mujer que aceptó llevar el embrión en su seno, se hizo famosa en un abrir y cerrar de ojos. No había reunión, evento o actividad en la que no se mencionara o a la que no fuera invitada, y la clínica, donde estaba recluida para cuidar tan singular embarazo, era constantemente asediada por la prensa, por curiosos y por los que se oponían al experimento, protestando de forma continua frente al edificio.

Toda la etapa de concepción tenía que pasarla allí, y para ello se le crearon las mejores condiciones. Ella se sentía cómoda y mejor que nunca. Fue elegida entre muchas por su robusta salud y por no tener familia cercana que se opusiera. Además, como estaba desempleada y con deudas, la paga que le ofrecían era un incentivo poderoso para aventurarse en esta odisea que, de ser exitosa, abría caminos insospechados para la ciencia.

Al no poder salir de la clínica por los molestos curiosos que siempre estaban al acecho afuera, los nueve meses tenía que pasarlos interna, pero para nada fueron molestos. Su carácter y animosidad la hicieron granjearse el cariño de todos y gozaba de total libertad dentro de la instalación; podía, en dos palabras, hacer todo lo que se le antojara. Nadie osaba contrariar a aquella futura mamá de un ser tan especial.

Y llegó el momento esperado. Se puede decir que ese día medio mundo no durmió. Millones esperaban el desenlace de aquel parto. El niño, a no ser por alguna prominencia de su frente y mandíbula, se observaba normal, y el parte médico fue altamente satisfactorio. Ella lo acogió con un amor inesperado. Las fibras de su maternidad vibraron al contacto con aquella gotica de gente prehistórica y los cuidados que le prodigaba deleitaban a todo el que los observaba.

Una mañana recibió la noticia de que su papel había terminado. Obtendría sus honorarios y el instituto se iba a encargar de la posterior enseñanza y cuidado del bebé.

Desde ese momento su cara cambió. Ya no estaba sonriente. Un disgusto creciente transformó su alegría en tristeza. Pero los médicos no se dieron por enterados. Dispusieron el traslado del niño para otra dependencia. Iban a ser separados como fue estipulado en el contrato.

Una cuna móvil, acoplada con lo último en tecnología y custodiada por un grupo de especialistas, fue conducida hasta la habitación donde ellos se encontraban. Llamaron, y la enfermera no respondió. Empujaron la puerta y no vieron a nadie. La madre, el niño y su asistente no estaban allí. No había señales de fuerza por ninguna parte, y todo permanecía cuidadosamente ordenado.

La sorpresa, el espanto y la incredulidad pusieron plomo en sus pies los primeros minutos. Luego comenzó la frenética búsqueda. No quedó un rincón de la clínica y los alrededores que no fueran registrados minuciosamente. También las montañas, los ríos, el país, los demás países, los océanos, la humanidad completa, casi se desangran tras la pista de aquel nuevo ser. Pero no se supo jamás nada de él ni de la madre ni de la enfermera que los cuidaba.

EL IDIOTA

Orlandito es un niño normal, pero no lo es para la vista de los muchachos del barrio. Esto pasa porque su mamá lo cuida demasiado, y los demás se ríen de esta forma de criar a su hijo.

Ellos andan descalzos y sin camisa, se bañan en cuanto aguacero cae, no les da nunca catarro, y la calle es su escenario predilecto de juegos. Aquí sortean todo tipo de peligros, y para la mamá de Orlandito esto es una temeridad innecesaria.

Ella es del campo, de una familia conservadora. Siempre vivieron bien. Su padre tiene una finca. Ella estudió en la ciudad, donde se quedó a vivir una vez graduada, pero trajo consigo los hábitos y la forma en que su familia cuida a los muchachos.

En la ciudad le va bien, lo único que en el barrio las personas la critican, se burlan, dicen que ella es una burguesa, y que su hijo ter-minará afeminado.

Poca o ninguna importancia le ofrece ella a estos comentarios. Orlandito sigue sin salir a la calle, comiendo siempre con platanitos maduros, pero eso sí, muy aplicado en la escuela. Todas sus notas son de sobresaliente, mientras que sus risueños amiguitos son todo lo contrario: calificaciones desmejoradas, algunos incluso han repetido grados, y otros han aprobado por los pelos.

En esta suerte de trifulca, en que unos se mofan de la forma del otro, y el otro hace caso omiso de sus desplantes, «la muchachada» se hizo hombre, y con la madurez cesaron algo las burlas. También porque ahora apenas se veían. Orlandito fue becado a estudiar, y los demás se enredaron con hijos y familia.

Pasó el tiempo y las distancias se acrecentaron. Cada cual en su mundo. Una tarde cualquiera, de esas en que la esquina se convertía en un improvisado bar, donde entre sorbos de un ron de dudosa procedencia se hablaba de todo, uno de ellos preguntó por el idiota. La respuesta le hizo inclinar el brazo y tomar un buchito de la maloliente bebida mientras sonreía con desgano:

—Orlandito anda por China. Se graduó de no sé qué, y es gerente o algo así.

Por unos segundos hubo silencio. Luego continuaron charlando. Para ellos China estaba demasiado distante.

No hay peligro

Es una mañana de agosto. La temperatura está alta y mucha gente va para la playa. El sol brilla fuerte y alegre, la vida transcurre, la gente sueña, vive.

Por su parte, un grupo de científicos se reúne, es de los más selectos en el tema. Están preocupados. El orden del día: posibles impactos de asteroides y meteoritos. No les falta razón. La amenaza es real. Los últimos sucesos lo corroboran.

La conferencia se realiza en un balneario de la costa mediterránea, todo alrededor es movimiento. Las familias descansan, se divierten, y ellos discuten. Quieren precisar si algo grande y devastador se acerca a la Tierra. Las opiniones son muy diferentes y el debate se enciende. Llueven los argumentos, se exponen las investigaciones, los datos más recientes y precisos obtenidos por los más modernos equipos. La comunidad científica piensa que sí, el peligro es inminente, y los gobiernos desatienden la advertencia, aseguran que no hay peligro, sus expertos aducen no tener información consistente al respecto, y que nada suficientemente poderoso puede provocar daños a escala global. Dicen que los últimos bólidos ingresados en la atmósfera terrestre que causaron destrozos en las ciudades son accidentes fortuitos que no tienen por qué repetirse.

Finalmente vence la opinión política y no se llega a ningún acuerdo. La vida debe seguir su curso habitual. Por ahora no son necesarias medidas extremas que hagan cundir el pánico entre la población, es la decisión.

Poco a poco el teatro va quedando vacío. Los especialistas se retiran. En muchos, las caras muestran más preocupación que antes.

Un grupo de muchachos entra alborotando el ambiente. Comienzan a preparar el escenario para una actividad cultural. La noche es clara y se ven las estrellas. Los enamorados aprovechan para pasear frente a la playa.

En otro lugar distante, enclaustrado y secreto, se escuchan voces de mando:

—¡Qué comience el sellaje de todas las naves!

Enormes puertas al costado de una montaña se cierran lenta y pesadamente. Solo los animales de los alrededores se asustan. Nadie sabe, nada se sabe, y una voz en el interior ratifica:

—Impacto en menos de ocho horas. A prepararse y ¡que Dios nos ayude!

Estoy convencido que es más feliz un alma sencilla, desprovista de bienes materiales, que un ser atiborrado de cosas, temiendo a cada minuto perderlas.

El dinero es la idiotez de comprar lo que la naturaleza nos regala.

Tener dinero es importante, pero no tenerlo lo es más.

A la grandeza masculina le es indispensable estar salpicada de la sensibilidad femenina para estar completa.

La gente que vive buscando marcas comerciales de renombre para todo lo que compra, está marcada, pero por la frivolidad y la mediocridad.

Cuando no se tiene dinero, la gran preocupación es tenerlo, y después que se tiene, es perderlo.

Contratar a una persona para que decore nuestro hogar es vivir con el gusto, la personalidad y la sensibilidad de un extraño.

Vestirnos al pie de la letra, con lo último que siempre dicta la moda, es ser otro en nuestro propio cuerpo.

Es absolutamente cierto que se puede ser dichoso sin un centavo, pero no tenemos la misma seguridad cuando lo tenemos.

Ser político es creerse inteligente cuando se es un verdadero tonto.

La reelección es buscada por la mayoría de los políticos, no por altruismo y sí por razones económicas.

El error de un dictador no es serlo, sino creérselo.

No hay nada más cuerdo que trabajar en un sanatorio de locos.

Los cuerdos son aquellos que, nadando en la mentira, mantienen la cabeza a flote.

No he escuchado en un estadista moderno, a pesar de sus licenciaturas y doctorados, la sabiduría del jefe indio que le escribió la carta al Presidente de los Estados Unidos diciéndole que el aire, los ríos, los bosques, los pájaros y la tierra son de todos y por lo tanto no son negociables ni vendibles.

Los locos son esas personas que interiorizaron los desgarros de la sociedad y no los soportaron.

La zoquetería de un jefe sucede cuando la inteligencia hace porno con la estupidez.

Si el Comité de los 300 existe, ya pueden sus miembros ir metiéndose sus ideas por donde mejor les quepan, porque no tengan ninguna duda, señores, a lo sumo, lo único que lograrán será una etapa fulminante de guerra sin cuartel que al final terminará con la victoria de lo mejor de la humanidad.

LA CLARIVIDENTE

Este no es un caso común y corriente de tantas personas que se dedican a lo mismo. Ella, desde pequeñita, despuntó como un talento inusual. Lo que decía, se cumplía, y su capacidad para anticipar acontecimientos era descomunal.

Así fue adentrándose en este mundo, y su fama, comenzó a difundirse. Y del tranquilo espacio de una niña criada en el campo, poco a poco fue pasando al de una persona constantemente ocupada por los demás. Todos querían que ella les adivinara el futuro, y como las necesidades económicas nunca faltan, la familia empujó y empujó, hasta que con el tiempo se convirtió en la clarividente mejor pagada de la zona. Por consiguiente, vino la mejora en su calidad de vida y un salto grande se produjo en su nivel de ingresos. Compró casa, auto, muebles. Comenzaron a sucederse los viajes, publicaciones en revistas, un espacio en la televisión y la radio, el acoso de los periodistas, y llegó un momento que hasta guardaespaldas tuvo que contratar. Ya madura, y con una familia preciosa: dos niños encantadores, una niña llamada Ciara y un tormentoso pelirrojo de once años apodado El Corre Caminos, su vida desbordaba felicidad. Ella y su esposo, un académico que conoció en Madrid, disfrutaban de la vida como la primavera cuando corretea por la sabana.

Una noche ella esperaba a los suyos en el aeropuerto; el ir para aquí y para allá ya era una constante en sus vidas. La solicitaban de diversos lugares hasta figuras prominentes de la élite mundial, pero ella ponía siempre empeño en estar con su familia y planificaba los encuentros desafiando geografías y distancias. Sus ojos repasaban a intervalos la pantalla que informa el estado de los vuelos. Pero el K-253 no aparecía.

Pasó mucho tiempo y comenzaba a preocuparse. Ya no resultaba normal ese atraso. Indagó con el personal autorizado y recibió una respuesta que la hizo buscar asideros para no caer al piso.

—El vuelo K-253 procedente de Miami, por razones aún no esclarecidas, cayó al mar y no se sabe si hay sobrevivientes.

LA CASITA ENCANTADA

Por su nombre, Onelia, casi ningún muchacho la llamaba. Preferían decirle «la viejita de los durofríos» y ¡qué ricos los hacía! Además, su trato era tan amable y cariñoso, que todos en el barrio, en especial los niños, le prodigaban un especial afecto. Ella no tuvo hijos. Sabíamos que se casó y que un día el esposo se fue y nunca más volvió. Se quedó sola en su casita de ladrillos rojos, asomados indiscretos en algún lugar donde el repello había cedido al tiempo y a la humedad.

Cuando le llamaba la atención a un niño, lo hacía con tanta dulzura, como deslizando sus palabras y su tierna mirada sobre su cuerpo, que los muchachos la adoraban. Aún así, si alguno de nosotros irrumpía en su jardín de rosas tan bien cuidado, la reprimenda llegaba, pero era suave, pues nos explicaba la importancia de cuidar las plantas.

Como casi nunca salía a la calle, tenía una persona que le hacía los mandados y alguna que otra vez nos utilizaba. Esto despertaba nuestra curiosidad. Era todo un misterio en la casa. Apenas la abría y los durofríos los vendía por la ventana. En el interior casi siempre estaba oscuro y no podíamos ver nada. Jamás nos mandó a pasar, y así en nuestra imaginación infantil, recibió el nombre de casita encantada, porque en todo era distinta a las de-más.

De esta forma, el lugar fue adquiriendo un atractivo irresistible para la muchachada, nos sentíamos hipnotizados por el carácter de su moradora y la hermeticidad de su hogar. Así empezaron planes, preparativos y toda clase de disparatadas componendas para husmear qué había dentro de aquella casita.

La aventurera y electrificante mente de un niño no podía quedarse con semejante interrogante, y se nos ocurrió que el mejor momento para husmear era la hora del baño. Aprovecharíamos la mata de tamarindo que crecía al lado mismo de la cocina, y desde allí quizá, podríamos ver algo. Los vitrales rotos permitían una pequeña panorámica de la habitación.

Escabulléndonos de nuestras casas, fuimos en grupo. Nos costó trabajo convencer al más endeble de nosotros para que se subiera, pero lo hizo, y el resto se quedó en el piso. Nuestro amigo miró, y vimos que se aferraba muy tenso. Al bajar, su carita estaba más asustada que intrigada y sólo dijo: «Onelia es un hombre».

Todos nos fuimos de allí lo más rápido que pudimos.

EL VILIPENDIADO

Desde pequeño a Raúl se le vio su inclinación homosexual y los padres, aunque lo querían con locura, no podían ocultar el malestar que les producía la preferencia sexual de su hijo.

Así que a medida que crecía, un muro de incomunicación se fue erigiendo entre él y sus progenitores, tanto que, llegada la edad de la pubertad, él añoraba estar lejos de todos, en especial de sus vecinos, amigos de crianza del barrio en general.

Siempre era motivo de burla por su miedo a las lagartijas y a las ranas, por su inocultable contoneo femenino al caminar, por sus ademanes de bailarín clásico, y aunque esto no hacía mella alguna en su forma de ser, sí lo ponía triste, deprimido, sintiéndose como pez fuera del agua, y un día se marchó.

¿A dónde fue? Nadie sabía. Lo que sí era aplastantemente cierto era su ausencia. En lo más profundo muchos lo extrañaban, porque a un lado sus características, dicho por la mayoría, él era una delicia de persona, y ni a los que le abrumaban con sus burlas, llegó nunca a faltarles de alguna forma, jamás ofendió a nadie ni se comportó de manera grosera. Bajaba la vista apenado cuando los demás se mofaban de su persona.

Sus padres fueron los más afectados por su partida. No existía entre ellos la relación que debía haber, pero sí un cariño culpable con algo de lástima hacia aquel hijo tildado por casi todos de débil y cobarde.

Pasó el tiempo y no se tenía noticia alguna de su paradero. Para muchos su imagen se fue borrando y su presencia comenzó a ser solo un lejano recuerdo, menos para la pareja que lo trajo al mundo.

Todos los días revisaban el correo con ansiedad y la prensa hoja por hoja, siempre esperanzados de saber algo de su controversial hijo.

Un día leyeron algo que los conmocionó. En una guardería habían puesto una bomba, y uno de sus empleados, con riesgo suicida, evitó la explosión antes de que evacuaran a los niños. No perdió la vida, pero tuvo que ser amputado. «Raúl Rivero es el héroe», decía el enunciado.

Rápidamente comenzaron a hacer las maletas.

¡Qué fantástico! Un líquido pasa a sólido y además sale algo vivo. ¡En un huevo, señores, lo vemos! Y ni importancia le damos. Ahí está el secreto de la creación.

El único animal que siente placer al matar es el hombre.

La maldad no es una cualidad intrínseca al ser humano, pero sí su capacidad para cultivarla.

La vida nunca va a desaparecer porque aún no ha desarrollado esa capacidad.

El entorno familiar y la sociedad son los culpables, casi siempre, de la conducta violenta de los criminales.

Entre el bien y el mal, la frontera es tan delgada como una pompa de jabón.

Los animales son tan **brutos** que son capaces de vivir en familia, y los hombres, tan **inteligentes**, que cada día la disgregan más.

En el planeta siempre ha habido todo tipo de catástrofes naturales, lo que ahora, somos muchos y lo sentimos más.

El desarrollo ilimitado de la tecnología pone en peligro el logro más sublime de la materia, la aparición del hombre.

La verdad tiene muchas caras pero un solo sentimiento.

La mentira juega con el rostro y la mente, desangrando el corazón.

Ser leal es la única forma de ser feliz para adentro y no para afuera.

Los reyes pensarán por las noches: «¡Qué ingenuidad la del hombre! No son más que un montón de carne sopesando los miedos del amanecer».

Dado todo lo dicho sobre la materia, hemos estado aquí, permaneceremos y jamás nos vamos a ir.

Si apenas caminamos y vemos algo en movimiento, nuestra primera reacción es dirigir la mano hacia algo que pudiéramos lanzarle, es poco probable que alguien inteligente se nos acerque.

Una sonrisa abre más puertas que una llave maestra.

El chisme es una verdad que no ha llegado a la enseñanza media, y la verdad es un chisme universitario.

Los fantasmas, por lo regular, siempre salen en lugares oscuros y solitarios, ni en un estadio de fútbol, ni en un canal de televisión… Eso me hace suponer que la subjetividad y el cerebro mucho tienen que ver en esto.

Un hombre en la acera

Todo quedó resuelto el mismo día de su llegada. Así seguro que el plan funcionaría mejor, más fiable, fluido, natural. Por mayoría se acordó ejecutarlo.

Marcelo bajó por una calle poco transitada, un callejón. Dos chinos salieron a botar bolsas de basura. En la puerta se leía: «Restaurante Chino. Buffet».

No lo vieron o no quisieron. Él caminó hasta la esquina. Allí sí deambulaba mucha gente. «Este es el lugar», pensó.

Se acostó en la acera, casi al centro, ávido de pisadas, mil formas de calzado. «Pronto alguien me llama», tenía grabado en la mente, y aunque cerró los párpados, imaginaba la escena con toda nitidez. Algo húmedo le tocó la cara y abrió los ojos. Un perro alto y flacucho lo observaba con interés. Su mirada suplicaba un atisbo de ternura, y en lo profundo había temor. Con precaución se fue.

Todo el día y nada. Nadie se interesó por él. La gente pasaba con furia desordenada, como si no estuviera claro su destino, con la vista clavada en el teléfono, indiferente a su presencia.

Llegó la noche y con ella una fina llovizna. El traje simulador de piel lo protegía, pero comenzó a sentirse incómodo. Se incorporó y fue directo hacia el callejón. En su rostro no había expresión, quizá una mueca. La puerta del restaurante se abrió y no salió nadie. Miró hacia el cielo, llamó y solo dijo tres palabras: «Recójanme, intento fallido».

Las Horas Extra

La controversia estaba ahí. Desde varias semanas atrás el jefe planteó la obligatoriedad de las horas extras, y casi nadie apoyó la idea.

Se estaban haciendo desde hacía tiempo, pero de forma voluntaria y los trabajadores lo interiorizaron así. Ahora él lo pedía de forma autoritaria y sin pizca de comprensión hacia los distintos reclamos presentados, y esa noche allí en el comedor, quiso dar la última palabra:

—No acepto excusas de ningún tipo. El que no esté dispuesto, ahí está la puerta.

Y señaló terroríficamente hacia la salida más inmediata. Todos recibieron aquellas palabras como una ducha de plomo. Se sentían seriamente afectados en su ciclo vital, trabajo-descanso, pero ante tal disyuntiva, y el desempleo creciente, no quedaba otra que bajar la cabeza y asumir.

En un alarde de compromiso y disposición el jefe dijo:

—Para que nadie proteste, yo me voy a quedar con ustedes.

Y así lo hizo.

Transcurrió la noche y parte de la madrugada. Pasadas las 3:00, sonó el timbre de salida. Presurosos todos comenzaron a recoger y limpiar el lugar de trabajo. Una buena cama los llamaba a gritos, la familia, los niños dejados en otras manos.

En pocos minutos estuvieron listos, y la fábrica, paulatinamente, fue quedando en penumbras.

El jefe fue el último en salir. En su afán de imponer su criterio, se había castigado a sí mismo. No tenía necesidad, la supervisora estaba ahí para eso.

A pocas cuadras de su casa percibió el inconfundible tintineo de las luces de emergencia. Bomberos y policías colmaban el lugar. Frenó el carro en seco y se bajó espantado.

¿Qué sucedió? La pregunta martillaba sus sienes. Confundido entre los curiosos, se acercó hasta la cinta de contención e indagó. La respuesta lo paralizó.

—Una viejita que estaba sola parece que dejó abierta la llave del gas y hubo una explosión.

Trató de visualizar su casa y solo atisbó retorcidos escombros. Una mujer comentó:

—¡Si su hijo hubiera estado...!

EL MÁS PELIGROSO

Si de aventuras se trata y de sortear peligros, sobre todo enfrentando fieros animales, el número uno lo tiene Richard.

Norteamericano de establos y espuelas, gran amante de la naturaleza, pero lo más impactante para él es el peligro en vivo, de verdad, sin trucos, desafiando a la muerte y a la suerte.

Por ello, apenas al cumplir los veinte, ya andaba por el mundo desandando sus diabluras. Pronto se hizo famoso por sus safaris en África, en los que sin pizca de miedo ni cordura, lo mismo se abalanzaba a un fiero león que a un corpulento gorila. Y en todos estos trances siempre salía airoso, y la pobre bestia, sumamente maltratada.

Las revistas especializadas mostraban su foto en la portada, se sucedían las entrevistas, y los relatos eran cada vez más atrevidos y estremecedores. Hasta una película andaba ya por ahí en la mente de alguien, y él orgulloso, altanero y decidido, decía que no había bestia que se le atravesara en el camino que no fuera derrotada. Por esta razón fue a dar a Brasil: la gran anaconda del Amazonas era su objetivo. El hotel donde inicialmente pensaba hospedarse, no pudo ser. La ciudad celebraba un certamen futbolístico y todas las plazas estaban ocupadas. Sin cejar en su empeño, buscó y buscó, y en otro de menor categoría, consiguió instalarse.

Entrada la noche fue a entrevistarse con el guía que lo llevaría a la selva, a precisar con él los pormenores del viaje. Al regreso ya el sol despuntaba lengüetas rojas por encima de los edificios. Estaba cansado y entretenido, no vio a un joven que se le acercaba sigiloso por el lado opuesto del taxi que pretendía abordar. Lo miró y solo apreció una carita quemada por el sol en una adolescencia apurada e inexpresiva. Al día siguiente los «periodiqueros» gritaban despavoridos:

«¡Asesinado el Rey de la Selva! ¡No se tienen indicios del autor del crimen!»

Para el hombre primitivo, la idea del paraíso era una realidad. No todos los días eran duros, también había etapas de holgura, abundancia y completa libertad. Sin embargo, hoy en día hay millones en que la jornada habitual es larga y agotadora, con muy pocas posibilidades de cambio.

El inventor de la rueda merece un monumento, y el de la espada, el patíbulo.

Con la civilización se ha relegado el contacto con la tierra y se ha demostrado que está sana.

La artritis, el reuma, las cefaleas y los dolores de muelas son una prueba de que no somos androides.

Estoy firmemente convencido que la muerte es el sostén de la vida. Pero qué triste me pongo cuando pienso que tengo que dejarlo todo.

Si fuera cierto que vivimos en un mundo simulado, ¡qué deliciosamente lo es!

El comercio de órganos, de los países pobres hacia los ricos, es una vergüenza.

El dolor es una de las defensas más completa del cuerpo, pero cómo martiriza.

El que inventó el control remoto es un perfecto haragán.

Para diseñar las máquinas más aptas para todo tipo de operaciones, el hombre solo tiene que imitar a la naturaleza.

Si no fuera porque el sueño es un insustituible reparador de energía, yo quisiera siempre estar despierto.

Es muy triste que a lo largo de la vida se conozca a multitud de personas que luego nunca se vuelven a ver.

Cuando el sol agote sus reservas de energía, no será el fin de nada, sino el comienzo de otra etapa.

La mayoría de las mujeres prefieren que sus maridos se comporten como hombres y no como seres humanos.

En esta nave que es la Tierra, hay muchos pasajeros que no miran por la ventanilla. Se están perdiendo el gran espectáculo de la vida.

Los que se quejan de no haber viajado nunca en la vida, olvidan que recorren 900 millones de kilómetros todos los años en nuestra vuelta al Sol y ni hablar del periplo galáctico que realiza todo el Sistema Solar.

Hay tanto misterio a mi alrededor que me orino de la curiosidad.

La felicidad no radica en controlarlo todo, sino en entender lo que no podemos controlar.

Al que inventó la rueda no lo conocemos, pero lo que hizo está muy cerca de lo divino.

No voy a estar en la Luna nunca, pero sí he pisado lugares jamás hollados por planta humana y eso es reconfortante.

La Sorpresa

El día que recibió la noticia, Fernando casi estalla de la emoción. El amigo que hacía tanto ni siquiera lo llamaba y apenas se veían, lo acababa de citar para una visita a su casa. Pero lo importante y llamativo del caso, es que esa persona está muy bien económicamente y Fernando, no. Por eso su mente se encendió de esperanza ante la frase: «¡Ven, que te tengo tremenda sorpresa!»

Él vislumbró la posibilidad de un regalo cuantioso, y no era de verdad mucho pedir, se habían criado juntos y disfrutado en común de todas las peripecias de la niñez, lo que el otro, con su éxito empresarial, se fue distanciando y, derivado de esto, hoy en día los contactos no eran frecuentes.

De todas formas, la noticia era para alegrarse. Seguro que le tenía un buen obsequio preparado, o dinero, quizá. Bueno, si era dinero, él no se iba a olvidar de los demás e imaginaba la fiesta que iba a dar con todas sus amistades. Una sonrisa afloraba a sus labios cuando fantaseaba así, y su cara se encendía de felicidad.

El día señalado se puso lo mejor que tenía y salió para la calle a buscar un taxi porque su destartalado carrito no quiso arrancar. Tocó el timbre de la bella puerta cuidadosamente tallada y le abrió su amigo en persona. Se saludaron y este, con un gesto, lo invitó a que lo siguiera. Cruzaron una sala espaciosa llena de costosos adornos, cortinas y equipos de alta tecnología.

A Fernando se le salían los ojos y el corazón le trepidaba. En la terraza estaba sentado un hombre. Había envejecido, pero su cara le pareció conocida. Su amigo con visible alegría, le dijo:

—¡Esta es la sorpresa! ¡Aquí lo tienes para que renazca de nuevo la amistad!

Era un viejo conocido con el que tiempo atrás había tenido un disgusto, y no se hablaban desde entonces.

Fernando le dio la mano y el hombre lo abrazó. Sintió que su cuerpo se iba enfriando, pero también lo abrazó.

Un novio a la medida

Toda la familia está encantada. Olivia ya pasa de los treinta y no había encontrado una pareja estable y prometedora como él.

Su abuela, sus padres y todos en la familia lo aprecian y lo valoran con alta estima. Por las noches se quedan embobados con sus historias de cómo tuvo que sacrificarse para obtener el Doctorado en Ciencias que ahora tiene, y cómo a mucho bregar, ha logrado reunir una pequeña fortuna, siempre pensando en el mañana de su familia.

«El muchacho es una revelación», decían. «Nuestra Olivia, no tendrá preocupaciones financieras en el futuro, ni nuestros nietos, y hasta a nosotros quizá nos toque algo», argumentaba la madre, siempre esperanzada.

Él, por su parte, no perdía oportunidad para glorificar sus quehaceres y encender la llamita del interés en la familia, que veía en aquel pretendiente la solución a muchos problemas. De la suya hablaba poco, solo que vivían un algo distantes, para el centro del país, y no los visitaba con frecuencia, entre otras cosas, por el imperativo cotidiano de su faena en el trabajo.

Casi siempre las tertulias se prolongaban hasta pasadas las doce de la noche, y como este novio era especial, le permitían muchas veces quedarse en el cuarto de la novia, intimidad autorizada dadas las condiciones relevantes del muchacho. «¡Pobrecito!, trabaja tanto que se quedó dormido», justificaban.

Pasaron los meses, y aunque la familia estaba desesperada por fijar la fecha de la boda, él siempre se manifestaba lento para el caso, y aún no se tomaba una decisión.

Una noche apenas él llegó, Olivia le comunicó sobre la visita de un tío emprendedor y trabajador, el único entre ellos que tenía negocio propio. Con indiferencia él asintió y se sentaron como era costumbre, ávidos de escuchar los relatos de aquel triunfador.

Al toque en la puerta, Olivia se apresuró a abrir. Eran su tío y la esposa. Se saludaron efusivamente y ella lo tomó de la mano llevándolo hasta donde estaba sentado su amado.

—Mira, tío, él es mi novio.

El hombre, sin quitarle la vista de encima, y él sin poder sostenerla, exclamó irónico:

—Sí, es mi empleado, el que limpia el taller.

Una Oportunidad

Todos en la fábrica comentan la intransigencia del jefe. Tiene una forma de exigir orden que llega a los extremos, exenta completamente de un poco de humanidad o comprensión hacia el prójimo. Es el clásico enfoque del blanco y negro, no hay más colores, y las cosas tienen que ser así. Por cualquier digresión de la disciplina su frase favorita es:

«¡Si no te conviene, ahí está la puerta!»

Y muchos han tenido que contener el sonrojo de la cara y ese súbito calor subiendo desde los pies, llenándoles de vergüenza.

La economía no está fácil y encontrar trabajo, tampoco, y ello da solidez a la postura del jefe, por eso se muestra arrollador e implacable. Sabe que el reemplazo está seguro y se aprovecha de la situación, tintineando satisfacción. Ahí está lo recriminatorio de su actitud, parece disfrutar cuando despide a alguien. Y esa tarde lo hizo con Cecilia, mujer entrada en años, devota de Dios, responsable y un poco lenta para el trabajo debido a su edad, pero llena de optimismo y deseos de vivir, siempre rápida para el chiste de ocasión, en un afán natural de hacer más llevadera la jornada laboral. Sin embargo, no hubo escape, su decisión fue inapelable: «Para la calle. Ya estabas advertida», le argumentó, y no importaron los detalles, eso formaba parte de su vida, la de él está segura.

El turno terminó esa noche algo más tarde de lo acostumbrado. Pasaban las dos de la madrugada cuando el jefe salió a la calle. El personal ya se había retirado, y ni un alma se veía por todo aquello. Una luz pública jugaba al pestañeo en la esquina, y por momentos el lugar quedaba en penumbras. Abriendo el carro sintió la sonrisa fina de una navaja en su garganta.

—¡Dame todo lo que tienes! —le susurraron al oído. Casi con un silbido de súplica por su vida, él sabía que esta gente no hablaba de más, dijo:

—Por favor, no me mates, no traigo nada, dame una oportunidad.

Las piernas le temblaban y la voz se le escapaba quejumbrosa.

Cuando el acero hincó su carne, no pudo gritar. Una mano le cerró fuertemente la boca. Algo tibio comenzó a empapar su camisa y sus ojos cristalizaron en imágenes cada vez más borrosas. Su cuerpo grasiento y rechoncho resbaló hasta el piso, sin una oportunidad.

PLANETA AZUL

El viaje fue largo, muy largo... demasiado. Varias generaciones de recuerdos y fantasías. Su mundo es la nave, nada más conocen. Fueron asignados desde hacía mucho para esta misión, y entrenados para encontrar el objetivo; ahora está a la vista, el añorado y necesario encuentro. La salida tuvo que ser rápida, ya no quedaba tiempo para detalles, este planeta entre miles fue el elegido, todo indicaba que era el adecuado y se lanzaron a la esperanza, en el suyo ya no había ninguna. Urgía sobrevivir, sembrar vida, salvar la especie.

El Supremo nunca llegó y ellos tomaron la decisión, ya todas las fechas se habían agotado, no quedaba otro camino y el planeta azul estaba ahí, siempre único, prometedor. Mucha distancia de por medio, pero lo encontraron. Varias generaciones enclaustradas no fue en vano, se dan las órdenes para preparar el descenso.

No tardan en perder el entusiasmo. Al acercarse, el escudo protector de la nave se activa. La computadora pone en rojo «ALARMA TOTAL». Imposible ingresar, patrones insoportables de radioactividad, se dispara la velocidad de escape y en breve la esperanza se vuelve un lejano granito en el espacio.

Pero... ¿qué pasó con el planeta azul? No lo sabrán, el sistema automático de la nave dice: «¡Imposible ingresar! Prioridad número uno: ¡Alejarse!»

Ahora sí es complicado, no hay un punto de encuentro en la pantalla, solo miles de años luz de incertidumbre.

Índice

Algunos libros de narrativa publicados por la Editorial Voces de Hoy

Mis vidas anteriores, de Josefina Ezpeleta.

Mujeres con alas. Aquellas, de Marlene de la Victoria López Huerta.

El lenguaje oculto de Ifá. Vol. 2, de Gerardo Frómeta.

Base Naval de Guantánamo. Testimonio de un éxodo, de Pedro Antonio Díaz González.

Amor romántico del siglo XXI, de Elsa Pardo.

Por ti caminaré, de colectivo de autores.

Sofía Mia, de George Cedeno.

Candente, de Miriam de la Torre.

Amor tardío, de Argelia García.

Mujer en el brocal, de Niurka Calero.

Caminando del brazo con Dios, de Marta Hahn.

Bendiciones que el orar y el leer la Palabra de Dios nos da cada día, de Hermana en Cristo Jesús A. B. D. Villa.

Te amamos mamá, te perdonamos papá, de María de Jesús Vanegas.